*Novelas Cortas Románticas en Español*

# Triunfos Inesperados

Un cambio de rumbo para Ana

Nicole Demuse

Copyright © 2017  Nicole Demuse

Copyright © 2017 Editorial Imagen.
Córdoba, Argentina

Editorialimagen.com
All rights reserved.

Todos los derechos reservados. Ninguna parte de este libro puede ser reproducida por cualquier medio (incluido electrónico, mecánico u otro, como ser fotocopia, grabación o cualquier sistema de almacenamiento o reproducción de información) sin el permiso escrito del autor, a excepción de porciones breves citadas con fines de revisión.

CATEGORÍA: Ficción Juvenil / Romance Histórico

Impreso en los Estados Unidos de América

ISBN-13: 978-1-64081-049-5

*~ Cuando estoy contigo, el único lugar donde quiero estar es más cerca. ~*

Autor Desconocido

# Triunfos Inesperados

La casa se pinta como un bellísimo arco amarillo recortada en el verde de la campiña inglesa del siglo XIX.

Al lado de la mansión se encuentran los establos, los caballos y algunas que otras gallinas.

Alguien encincha un bellísimo caballo de pelaje rojizo y brillante. Es Ana, quien se alista para salir al trote campo afuera de la mansión.

El paisaje es bellísimo, el sol cae con esplendor sobre las frondosas arboledas que acompañan a la joven en su carrera.

Todo va de maravillas, pero al llegar a un angosto riacho,

el caballo alza sus patas delanteras, lo que hace que Ana caiga hacia atrás sobre la hierba, rodando sobre sí misma hasta que su sombrero se desliza por encima de sus hombros, dejando ver su cabello, que como hilos de cobre brillan bajo el sol contrastando con los verdes de la campiña.

Sonríe, se levanta despacio y acaricia a su caballo.

—No te preocupes, potrillo… saltarás sobre el agua como si nada. Lo prometo.

Mientras tanto, en la mansión, la familia se prepara para el desayuno.

Un hombre de cincuenta años, de nariz aguileña y pelo castaño se acerca a la mesa. Su tez es mate y su personalidad es conocida por ser muy amable y paternalista.

Aunque todavía un poco somnoliento, carraspea y luego dice en voz baja:

—Te ves muy bien esta mañana, Sarah Hamilton, — le dice Lord Henry a su mujer.

—Qué amable de tu parte es decirlo, querido. — contesta la esposa.

Lady Sarah es una mujer delgada que aún conserva la frescura de su juventud. De carácter armonioso, cabellos rojizos, tez blanca y figura esbelta. Su rostro se caracteriza por llevar siempre una sonrisa.

La criada entra en el comedor donde se encuentra la pareja, portando una delicada vajilla de té que descansa sobre una bandeja de plata.

—Buen día, Lady Sarah, Lord Hamilton, qué bello día. —les dice mientras sirve la humeante infusión.

—Así es, maravilloso día.

Ana corre por el ancho pasillo de pisos damero, sepia y blanco de la planta baja.

Suena una campana. También en la cocina, donde se encuentra toda la servidumbre, es la hora del desayuno.

La joven se sirve una abundante porción de huevos revueltos y una rodaja de pan.

—¡No sé dónde metes todo eso! —le dice Mary, quien la ha criado como una hija desde que Lord Hamilton la trajera de Italia hace ya doce años. Luego se vuelve, mira al joven que acababa de llegar y le dice en voz baja:

—¿No se parece a una Hamilton cada día?

—Cállate, no digas eso. —dice David, que la conoce desde niño y es el capataz de los establos.

—Bueno, sólo estaba bromeando.

Una de las criadas entra apurada a la cocina, y dirigiéndose a Ana le dice:

—Buen día, señorita Ana. La señora Hamilton solicita tu presencia.

En esos momentos, Lord Hamilton estaba de pie al lado del fuego del hogar en la sala de estar, observando cómo Amelia hacía bailar la aguja, enhebrada de hilo color rojo. Manejaba el bordado como una experta.

Lady Amelia es la hija del matrimonio, y su edad es de dieciséis años. Se caracteriza por ser una joven a quien le apasiona la poesía y la filosofía antes que los paseos y los juegos al aire libre.

Sus largos cabellos castaños contrastan con la blancura de su piel y aprecia a la señorita Ana como a una verdadera hermana.

El bastidor se mueve al compás de sus manos. Lentamente un bello ramo de rosas va apareciendo, teñido de rojos y azules. Terminado sería un bordado espectacular.

En la cocina, el mayordomo, quien escuchó la pregunta de Mary a David, inquiere:

—¿Por qué eres tan duro con la muchacha?

—Porque debe ser difícil tener que ser la compañía de una niña rica. —contesta con ironía.

—Cállate, mujer. Ana es una de nosotros.

La mujer murmura algo ininteligible.

—Debes pensar antes de decir esas cosas horribles. —finaliza el mayordomo, retirándose hacia las escaleras.

Mientras tanto, Ana se prepara para ir al encuentro de la señora de la casa.

Ana es una joven huérfana traída de Italia por Lord Hamilton tras haber ido a buscar a su hermano muerto en la peste. Es amable, cariñosa y agradecida, de 23 años llevados con intensidad. Ama el deporte y los caballos.

Su estatura es alta y esbelta, viste moderadamente, y es fiel a la familia Hamilton. Su rostro es ovalado y de largos cabellos rubios, algo rojizos, los cuales casi siempre lleva recogidos y con un peinado más bien austero.

Ya preparada para ir al encuentro de Lady Sarah, entra en la sala de lectura.

—Buen día, Amelia.

—Muy buenos días, querida Ana. ¿Has visto a mi madre hoy?

—No, todavía no la he visto.

—Por favor, convéncela de poder quedarnos a leer aquí. Pídeselo, además ella te quiere ver para contarte una novedad. —le dice Amelia con cara angelical.

Ana sale de la habitación al instante, y al trasponer la puerta tropieza con Lady Sarah.

—Perdón. —dice ella. —Tengo la cabeza en las nubes y estoy un poco distraída.

Lady Sarah hace un gesto cariñoso. Además de ser la amante madre de Lady Amelia, ama como una hija a la señorita Ana, dama de compañía de su hija.

—No hay problema, Ana. Quería contarte que esperamos a una prima mía, su nombre es Grace Glenshow… pobrecita, ha perdido a sus padres. Vive con sus tías Jane y Clara, un par de gruñonas, según recuerdo. Debemos encontrarle un novio. Hay solteros disponibles por aquí en este momento y Lord Parsy me parece que es uno de ellos, aunque poco agraciado, es un buen candidato. También tenemos a Lord Fred Arlington, el sobrino del presidente del Torneo de Apertura de temporada de carrera de caballos.

Ana estaba encantada escuchando a Lady Sarah, y sus ojos se abrieron cuando escuchó lo siguiente:

—Quisiera que esta tarde nos acompañes en el té.

—¿Yo?

—Sí, quiero que ayudes a mi prima a sentirse bienvenida.

—Bueno, si usted piensa que seré útil, allí estaré.

—Tal vez puedas persuadirla que vea a Lord Parsy y acaso lo tome en consideración. Es que ella no tiene herencia ni tampoco es tan joven. Más tarde vendrá el turno de Amelia, nuestra pequeña, y luego el tuyo, Ana.

—¿Debo hacerlo?

—Ana querida, no te quedarás aquí para siempre. Eso no sería justo.

—Bueno, ahora vamos con Amelia al jardín, es una mañana hermosa para jugar con el arco y la flecha. —dispuso Ana, cuyo comentario cayó bien a Lady Sarah, ya que no quería que su hija pasase tanto tiempo en la sala de lectura.

Las dos jóvenes conversan mientras juegan, y Ana le dice a Amelia con la cara triste:

—¿Quién querría casarse conmigo? El arte de la seducción no es mi fuerte. Solo sé cabalgar.

—Me temo, mi querida amiga, que te quedarás conmigo por mucho tiempo.

Las dos ríen y siguen jugando, pero Lady Amelia lo hace casi sin ganas. Ana sigue la conversación:

—Además no sé quién se podría fijar en mí… no sé hacer mucho.

—No digas eso, Ana, debes apreciarte más allá del estándar de la gente. —le dice Lady Amelia esbozando una sonrisa. —Bueno, creo que ya hemos cumplido con la demanda de mi madre de estar afuera.

—¡Pero si recién empezamos! —exclama Ana.

—Vamos adentro, a la sala de lectura. Leamos a Shakespeare. Yo encarnaré a Romeo y tú a Julieta. Vamos Ana. ¡Vamos!

Ana cede a la dulce voz de su querida compañera.

—Tú ganas, leeremos Romeo y Julieta.

Se levantan y caminan hacia el interior de la casa observando las bellísimas flores, las dos tomadas de la mano.

—Con respecto al té, tengo mucho miedo de decir alguna tontería. —confiesa Ana, muy preocupada y con temor en su voz.

Pero Lady Amelia contesta entre risas:

—Para eso es el té, mi querida, para decir todas las tonterías que puedan salir de tu boca.

—¿Y cómo es tu prima Lady Grace? Apenas la recuerdo.

—Pobrecita, tiene que venir hasta aquí para encontrar un marido adecuado.

A las pocas horas, y cerca del mediodía, un coche tirado por caballos ingresa a Evenwood.

Todos se reúnen en la gran puerta de entrada para recibir a la invitada, Lady Grace.

—Bienvenida, querida. Estamos encantados de tenerte aquí. —exclama Lord Hamilton, abrazando a su sobrina cálidamente. —¿Recuerdas a tu prima Amelia?

—Por supuesto que sí. ¡Pero qué grande estás, querida!

Amelia la saluda inclinándose.

La familia entra en la casa acompañada de la invitada recién llegada.

Ana está en la cocina ayudando a preparar la cena.

David, el cochero y encargado de los caballos, se le acerca y le pregunta:

—¿Así que mañana tomarás el té con los Hamilton?

—Sí, ¿por qué lo dices de esa manera?

—Es que nunca lo habías hecho.

—Es una invitación que no pude rechazar.


Entre tanto, en la mansión, la familia se encuentra en la sala de estar, sentados en los cómodos sillones que ocupan el centro de la sala. Lord Hamilton es sorprendido bostezando delante de su sobrina.

—Perdona a mi marido, querida, —dice lady Sarah al notar la mirada de asombro por parte de Lady Grace. —es un rebelde de las costumbres.

—Es que estaba pensando sobre el por qué las mujeres deben cabalgar de costado.

El pensamiento de Lord Hamilton estaba puesto en Ana, quien lo hacía de frente y guiaba a Salim, su yegua favorita, como un verdadero equitador.

—¿No crees que por temor a lo inapropiado estamos poniendo en peligro sus vidas si se rompen el cuello? Deberían cabalgar como los hombres.

—Eso sería un escándalo querido, qué dices.

—Bueno, podríamos hablar de otros temas.

—¿Cuál, por ejemplo?

—Invitar al señor Parsy. Oí que tiene el corazón roto, —menciona muy emocionada Lady Grace.

—Sin rumores, querida, —contesta su tía. —yo te contaré la verdad. Parsy estaba perdidamente enamorado de Ema, una joven bellísima, pero su hermano también estaba enamorado de ella. Parsy no dijo ni una palabra, incluso cuando su hermano le pidió que sea el padrino de su boda. Desde entonces no se ha vuelto a enamorar.

—Eso quiere decir que aún no ha encontrado a la persona adecuada.

—Es que no es muy atractivo.

—Ana, ¿qué piensas de la situación de Lord Parsy? — le pregunta Lord Hamilton.

—Si se refiere a su aspecto físico, el rostro de una persona puede cambiar, pero la esencia del corazón sigue siendo la misma. Me parece que Lord Parsy tiene un corazón puro y hermoso que vale la pena ganar.

—Bien dicho, querida. Eres una poetisa romántica. — agregó Lord Hamilton.

Luego de la conversación, y mientras los criados se ocupaban de las pertenencias de la recién llegada, Ana acompaña a Grace a recorrer la mansión Evenwood.

—Este camino lleva a los establos. En verano está cubierto por un manto denso de flores silvestres y coloridas. —Lo dice con el brazo en alto indicando el oeste y exclama:

—Por allí está el acantilado. Se lo mostraré uno de estos días.

—Cómo agradecerte, querida Ana, — dice Grace. —es usted tan buena conmigo.

—Sólo quiero hacerla sentir en su casa. Sus tíos la aman y su prima también. Para ellos es un gusto que esté aquí.

—Bueno, usted no es una Hamilton, pero veo que se siente muy cómoda con ellos. Yo sé su historia. Sé que está aquí desde pequeña, que Lord Hamilton la rescató de un orfanato en Italia.

—Ellos han sido muy amables conmigo, por eso los quiero como si fueran mi propia familia.

—Por supuesto. Una niña en esas circunstancias podría terminar en cualquier parte… pero está aquí, donde tiene todo y de todo.

—Sí, es verdad, pero soy una compañía para Lady Amelia. Nos hemos criado una al lado de la otra… como hermanas. Continuemos con el paseo.

—¿Tienes planes de casamiento?

—¿Yo?

—Supongo que no va a ser la compañía de Amelia toda la vida. Cuando seamos más amigas lo compartiremos todo, hasta la más mínima tontería.

Ana mira a Grace asombrada. "¿Pero qué dice esta mujer?", piensa.

Y es que Lady Grace, a pesar de ser bella, pequeña de estatura y esbelta como las otras mujeres de Evenwood, es algo mordaz y provocadora.

Dentro de la casa, en el estudio, Lord Hamilton está leyendo en su sillón favorito. La personalidad del señor de la casa es muy cordial y accesible. Trata de alejarse de las costumbres y reglas que impone la sociedad de esa época, y se caracteriza por ser noble, amante esposo y padre.

Entra Ana y hace un saludo reverente.

—Querido señor Hamilton, iré al pueblo a buscar unos dulces y condimentos para la cocina.

—Muy bien... pero dime, ¿qué te ha parecido mi sobrina?

—Es tan elegante y fina. Seguro que llevará adelante sus planes de conseguir un marido. ¿Necesita usted algo de la tienda?

—Mmmhh, —murmura Lord Hamilton. —un paquete de puros.

—La señora Hamilton me ha dicho que no le compre cigarros.

—Sí, pero no me importa.

Lord Hamilton cambia inmediatamente de tema:

—¿Cómo está Salim? ¿Sigue sin saltar el agua?

—Me temo que sí.

—Sigue practicando con ella. No te preocupes, tu secreto está a resguardo conmigo.

El hombre se sonríe y le extiende la mano para darle el dinero. Ana lo toma y lo guarda con cuidado en su bolso.

*****

David lleva a Ana al pueblo en la carreta.

Ana termina sus compras y se dirige en busca de David para efectuar su regreso. De camino acaricia a un bello caballo color caramelo que encuentra en la herrería.

—Qué raro que usted le caiga bien, ese ejemplar es muy selectivo. —dice una voz masculina.

Ana se da vuelta y ve a un joven de pelo negro que tiene la mejilla lastimada. Sin pensarlo demasiado toma del bolso su pañuelo y trata de limpiarle la tierra de la herida.

Los dos se miran encandilados. Los dos pares de ojos se encuentran y parece que a Ana todo le gira a su alrededor.

De improviso ella retira su mano, mientras el muchacho conserva su pañuelo.

En ese momento se acerca el herrero y le muestra la herradura.

—Por eso lo ha tirado, señor. La herradura se ha doblado como una serpiente. ¿Puedo quedármela? Si a usted no le molesta la conservaré. Nunca he visto una igual.

—Sí, desde ya.

Ana se da vuelta rápidamente y desaparece entre la gente; busca enseguida a David y vuelven a la mansión. La cara de la joven está ruborizada y su corazón late desmesuradamente.

Al entrar en la mansión, Ana va directamente al estudio de Lord Hamilton, quien está con un telescopio apuntando el cielo a través de la ventana.

Le entrega dos puros.

—Niña, ¿sólo dos?

—Sí. Dos. No quiero ser la responsable de su corazón.

—Ana, ¿qué tienes? Te veo extraña.

—Nada, no me pasa nada. Debe ser el sol que he tomado en el paseo de compras. Me ha hecho calor.

Ana sale de allí y al bajar va mirando la sala, enorme, hermosa, con ventanales que dejan entrar la claridad del día. Colores, formas y bellos objetos acompañan la decoración.

La joven se sienta al piano y comienza a tocar. David, que está enamorado de ella y no debería estar dentro de la casa, se sienta a su lado y le pide que toque Chopin.

—No deberías estar aquí. Sabes que a Lady Hamilton no le gusta. Además ¿no te cansas de escucharlo? —le dice Ana.

—Deberías tener tu propio piano. —le contesta David.

—Los pianos son muy caros.

—Lo sé. —afirma David, mirando al piso.

*****

Al otro día la familia recibe una visita inesperada: Lord Jeff Parsy. Todos lo reciben en la puerta principal, y apenas llegado, se dirige hacia Amelia:

—Pero qué grande estás. Hace cinco años atrás te sentabas en mis rodillas.

—Le advierto que ella no ha cambiado ni la mitad que usted. —exclama Lady Sarah.

Era verdad, los años le habían sentado más que bien al joven, de unos treinta y dos años, ya que se lo percibía alto, fornido y elegante.

Se lo veía calmo y buen mozo, ya no tenía el rostro endurecido por el dolor de haber perdido a quien tanto amaba, y sus modales eran los de un verdadero caballero.

—Nos alegra que haya venido a participar de la carrera. Es un honor para mí, y tengo un caballo que le hará justicia. —dice Lord Hamilton. —Tengo que confesarle que a la población local no le gusta perder con visitantes… y tenemos la esperanza de romper con la tradición.

Una vez dentro de la sala y sentados en los sillones, Lady Sarah se dirige a Lord Parsy:

—Debería ir a la excursión de mañana con mi hija, mi sobrina y la señorita Ana.

—Iré, con la condición de que me llamen Jeff.

—Por supuesto, es un magnífico nombre. Cuente con ello.

Ana, quien estaba haciendo sus tareas diarias, entra a la sala, pero se queda parada en medio, asombrada al ver que el visitante es el joven con el que tuvo el encuentro en el pueblo.

Ana mira a todos sin poder creerlo. ¡Ese era el renombrado Lord Jeff Parsy! ¿Pero por qué no lo consideraban apuesto? Para ella era guapísimo.

—Era mi hermano John el que recorría los caminos. Amaba el acantilado, yo en cambio me siento más unido a este sofá. Me molesta el calor, la humedad y los insectos. —comenta Lord Hamilton, siguiendo con la conversación.

Ana no podía hacer otra cosa que quedarse quieta y escuchar, estaba parada como una estatua, inmóvil y escuchando la conversación que se estaba desarrollando.

—Mi padre es como yo, —dice Amelia. —amamos los libros.

—¡Que niña traviesa! Haciendo confesiones de mi persona. —Prorrumpe Lord Hamilton entre risas.

—Ana conoce el camino mejor que nadie. David los acompañará llevando las provisiones, así que me puedo quedar tranquila. —agrega Lady Sarah, dándose vuelta para mirar a Ana y haciéndole un ademán para que se acerque.

—Bueno, es hora de presentar formalmente a nuestra querida Ana.

—Pero, ¿es usted…?

—¿Se conocen?

—Sí.

Jeff busca en uno de sus bolsillos y gentilmente le devuelve el pañuelo.

—Su perfume a lavanda me acompañó hasta ahora. Es suyo.

—Veo que ha sanado bien.

—Gracias a su rápida atención.

Todos se quedan helados hasta que Grace, con ironía, quiebra el hielo diciendo:

—Qué raro que alguien que no sociabiliza conozca gente tan íntimamente.

Todos la miran con aire reprobatorio, pero la conversación sigue en torno a otros temas de interés.

*****

Al otro día y después del desayuno, parten para disfrutar de un hermoso día de campo. David lleva las provisiones y Grace acapara a Lord Parsy. Los siguen del brazo Amelia y Ana.

Mientras tanto, el matrimonio Hamilton se encuentra en la sala principal de la mansión.

—¿Recuerdas cuando éramos jóvenes? —pregunta ensimismada Lady Sarah.

—Creí que aún lo éramos.

Los dos ríen recordando los viejos tiempos, celebrando que aún siguen enamorados.

Entretanto, los jóvenes siguen en el paseo. Mientras Lady Grace intenta recuperar el aliento, claramente no acostumbrada a largas caminatas en subida, se produce una conversación entre Ana y Jeff.

—¿Es verdad que las fiestas son tan grandes que duran varios días?—pregunta Jeff Parsy.

—Así es, pero yo no he asistido a ninguna —le contesta Ana. —Si de mí dependiera viviría en estado salvaje.

—¿Realmente renunciaría a vivir en estas tierras y a disfrutar los caballos solo por vivir en plena naturaleza?

—Bueno, disfrutaría de ella desde donde esté hasta el borde del horizonte. Esas son cosas que ni todo el dinero del mundo podría comprar.

—Es usted como la definió Lord Hamilton, una poetisa del alma. —exclamó Lord Parsy.

—Es que yo amo vivir entre la naturaleza, además no conozco otra cosa, a diferencia de la señorita Grace, que conoce las verdaderas maravillas de la ciudad. Teatros, conciertos, fiestas. Hubo un verano en que subí hasta la cima y encontré una Trigidia Pavonia.

Grace la miró y exclamó:

—¿Y no le tuvo miedo?

Lord Parsy aclaró:

—La Trigidia Pavonia es una flor. —Las jóvenes ríen, menos Grace, que se siente avergonzada y furiosa.

Unos metros más adelante deciden parar debajo de unos hermosos árboles, bajo cuya sombra refrescan sus acalorados cuerpos. El mantel sobre el pasto está repleto de sándwiches, pasteles y otras exquisiteces.

Se levanta Lady Amelia, toma del brazo a Ana y le pide que la lleve para ver si encuentran una flor de tigre, nombre vulgar de la flor de la que tanto han hablado.

Por su parte, Lord Parsy le pregunta a Grace:

—¿Disfruta de la naturaleza, señorita Glenshow?

—No como Ana, desde luego, pero sí la disfruto.

Amelia le pregunta a Ana el por qué no le ha contado que estuvo en esos lugares tan agrestes y magníficos. Ella le contesta:

—Si te contara todo te aburrirías.

—Cuéntame. Cuéntame todo lo que sabes. A Lord Parsy no le molesta hablar de filosofía conmigo. Yo pensaba que a los hombres solo les interesaba el linaje de sus caballos y el deporte. Pero él no es así. Me ha hecho ver las cosas de una manera diferente.

Mientras habla con Ana, Amelia da giros sobre sus pies, alza los brazos y canta, feliz de estar entre tanta belleza. Luego se desplaza corriendo hacia el barranco.

—¡Amelia, ten cuidado! —grita Ana, pero es demasiado tarde. Amelia no puede frenar a tiempo y resbala hacia el precipicio. La joven pende del barranco como una planta a la cual se le han quitado las raíces, y se balancea peligrosamente con una sola mano pidiendo socorro a gritos.

Ana va al encuentro de ella de inmediato.

—¡Amelia, sostente de mi brazo! Haz un esfuerzo, no te sueltes. ¡Tú puedes hacerlo!

Los gritos desesperados pidiendo auxilio llegan hasta Lord Parsy, quien acude pronto en ayuda de las jóvenes. Inmediatamente llega hasta Amelia, la sujeta con sus manos y le dice:

—¡Intenta subir, Amelia! Un pie, luego el otro. ¡Vamos Amelia!

Ana no la suelta y se disloca el hombro en el esfuerzo.

Lord Parsy hace un esfuerzo extraordinario y la levanta.

—¡Te tengo, te tengo!

Entre los dos la suben.

Amelia está conmocionada. Se abraza a Ana y llora profundamente, liberando toda la tensión de ese momento. Su llanto hace que su cuerpo se agite. Ana la abraza bien fuerte, y nota el temblor involuntario en sus extremidades.

—Mi pequeña niña, —le dice. —No te preocupes, ya todo ha pasado.

En el forcejeo por salvar a Amelia, a Ana se le cae un pañuelo rosado de seda, el cual vuela y cae dentro del barranco.

—Era de mi madre, una de las pocas cosas que me habían quedado de ella.

—Me temo que lo ha perdido. —dice suavemente Lord Parsy.

Lady Grace se muestra muy enojada.

—¡Se supone que la cuidaría, señorita Ana!

—Y lo hizo, Lady Grace. —interrumpió Lord Parsy. —Si no hubiera sido por ella, Amelia ya estaría en el fondo del barranco.

Se ponen en camino hacia la mansión Evenwood lentamente, David lleva la canasta y Lord Parsy transporta a Ana y a Amelia sosteniéndolas con cada uno de sus brazos.

Ana está conmocionada y le duele mucho el hombro.


Una vez en la casa, Lady Sarah lleva a Ana hasta su cuarto y llaman al doctor, quien prontamente viene a ver a la accidentada.

—Un hombro dislocado es muy doloroso, pero ya lo he puesto en su lugar y en unos días se habrán olvidado de tan difícil situación.

Lord Hamilton agrega:—Han tenido suerte, niñas. Espero que no lo intenten de nuevo.

Todos sonríen.

—Muchas gracias por haber venido tan rápido, doctor.

—A sus órdenes, Lord Hamilton. Usted y su familia se lo merecen.

El doctor se retira de la habitación y queda allí la familia Hamilton, junto a Grace, rodeando la cama donde Ana está acostada, con una venda en su brazo. Lady Sarah se dirige a su marido para preguntarle con respecto a Ana:

—¿Qué haremos para agradecerle por haber salvado a nuestra hija?

—Puede venir al baile de la inauguración del Torneo de Apertura a las carreras.

—Pero eso sería romper la tradición, Ana no es de la nobleza. —agrega Grace.

—Eso no importa, Ana vendrá.

—Vamos, di que sí Ana, Lord Parsy se alegrará.

—Si ustedes así lo desean, asistiré.

—Bueno, todo arreglado. Dejemos ahora que nuestra niña descanse.

Grace no puede creer que sus tíos inviten a una huérfana al baile de sociedad.

La casa luce tranquila. Los cortinados se mecen con la brisa de la tarde.

*****

Al otro día, Lord Parsy llega a la mansión y busca a Ana. Pregunta a la servidumbre:

—¿Dónde está la señorita Ana?

—Junto al estanque de los peces, Lord Parsy.

Efectivamente, allí la encuentra y se acerca suavemente.

—Creo que esto es suyo. —le dice, mostrando un pañuelo rosa entre sus manos.

—¡Lord Parsy, no puedo creerlo! ¿Cómo lo ha conseguido? ¿Se arriesgó por mí?

—Usted se lo merece, señorita Ana. La heroína es usted. Ha salvado a Lady Amelia.

A los pocos días del accidente Ana se ha recuperado y sale con Salim, atravesando la campiña.

Se encuentra con Lord Parsy y los dos montan sus caballos jugando una carrera que gana Ana, quien monta de frente, como lo hacen los hombres, y sin importarle el qué dirán.

—Es muy buena cabalgando, señorita Ana.

—Me temo que cabalgar es lo único que hago bien. —le dice mirándolo a los ojos y con una sonrisa en sus labios.

—Me resulta difícil de creer. Creo que hay muchas cosas en la que es buena, Ana, aunque usted no lo crea así.

—Usted sí que sabe de etiqueta y buenas costumbres, Lord Parsy. Aunque afuera de la casa lo que importa es el instinto, no los modales.

—Apuesto que usted es la única mujer en Evenshire que monta de frente.

—No sé si la única de Evenshire, pero sí de Evenwood.

—Y no se preocupe por el baile, todo saldrá de maravillas. Eso sí, tiene que prometerme que bailará conmigo.

Ana lo mira con ojos tristes y baja su vista al suelo.

—¿Qué le sucede?

—Nada, es que…

—Dígamelo, no tenga reservas conmigo, Ana.

—Es que…. es que no sé bailar, nunca he bailado.

—¡Ah! Pero eso no es problema. Venga, le mostraré algo.

Los dos se bajan de los caballos y Ana se acerca, Lord Parsy toma su mano derecha suavemente, luego la izquierda, que pone sobre su hombro derecho.

—Bailar es como andar a caballo, instinto y contar. Avance con el pie derecho cuando yo retroceda el izquierdo. Uno… dos… tres… cuatro… cinco… seis… y giro.

Uno… dos… tres… cuatro… cinco… seis… y giro. Uno… dos… tres… cuatro… cinco… seis… y giro… cierre los ojos y déjese llevar, simplemente escuche el vals.

Así giran y giran hasta sumergirse en un vórtice de ensueño.

Los árboles y el lago son testigos de las miradas. El corazón de Ana retumba con fuerza, al igual que el de Lord Parsy.

Después de estar así por un tiempo eterno, vuelven a Evenwood.

Ana entrega los caballos a David, que la mira con recelo.

—Así que irás al baile con los Hamilton. —le dice. —Siempre dijiste que eras una de los nuestros, pero eso es mentira, Ana.

Pero Ana decide no contestarle.

*****

Ha llegado el día del baile y todos en la casa están atareados con los preparativos. Lady Sarah busca su collar de esmeraldas que su esposo le ha regalado para su cumpleaños pero no lo encuentra.

Entra al estudio y revisa algunos cajones.

—Maldita sea. —dice Lord Hamilton.

—No maldigas, querido. ¿Qué te ocurre?

—No me cierra el pantalón.

—¿Y por eso maldices? Ven, gruñón. Te ayudaré.

Lord Hamilton trata de hundir su abdomen mientras Lady Sarah trata de prender su pantalón.

—Esto sucede cuando comes demasiados dulces, querido.

—¿Me quieres decir que estoy gordo? Estos pantalones han encogido.

—No lo creo. —le dice su esposa y ríe.

—No, gordo no, tan solo un poquito panzón.

Los dos ríen y se besan como cuando eran jóvenes.

—¿Estamos haciendo lo correcto, querido?

—¿A qué te refieres?

—Llevar a Ana al baile.

—No te preocupes. Nada pasará, querida.

—Mi miedo es que no lo vean bien y le hagan pasar un mal momento.

—Tonterías. Son gente civilizada y Ana se perderá entre la multitud.

Mientras tanto, David se encuentra en el pueblo. Ha decidido juntarse con el joyero para vender la amatista que Lady Sarah estaba buscando tan desesperadamente.

—Cuánto me apena que su enferma madre no pueda usarlo más. —comenta el joyero.

—Sí, es muy anciana. Como le he dicho, ya no sale mucho.

Con ironía, el dueño del negocio le dice:

—Así que prefiere el dinero a los recuerdos. Con piezas de esta calidad su madre puede tener una acomodada vida nueva.

Mientras conversa mira la joya con una lupa y sonríe. Está satisfecho de haber hecho un buen negocio.

—Sí, una vida nueva, —murmura David. —eso es lo que quiere.

En la casa todos están ya casi listos para el baile y van bajando una a una las mujeres de la casa.

Primero baja Lady Sarah, que luce un vestido maravilloso y joyas que compiten con su madura belleza.

Luego lo hace Amelia, que encanta con su juventud y frescura.

También baja la prima, Lady Grace, su vestido revela todas sus formas y su mirada se clava en los ojos de su tío, como pidiendo aprobación, a lo que Lord Hamilton responde:

—Te ves bellísima, Grace. Encantarás a todos en la fiesta.

Por último baja Ana. Se la ve radiante, un vestido blanco acompañado de joyas que le ha prestado Lady Sara.

Todos la miran paralizados. Su belleza encandila la casa.

Lord Hamilton rompe el silencio diciendo:

—Ana, te ves radiante. Bellísima, prométeme que me

concederás un baile.

Lady Sarah comenta:

—Me han contado que hoy asistirá al baile Lord Arlington, el sobrino del presidente del torneo y anfitrión de la fiesta. Dicen que es muy guapo, así que se lo presentaremos a todas.

En el fondo Lady Sarah pensaba que era bueno que hubiera dos pretendientes para Grace.

Ana comenta por lo bajo:

—Creo que Lady Grace es muy rígida.

—Yo no diría eso, —contesta Lady Sarah, —su madre era así antes de casarse. Supe que Lord Arlington está ansioso por conocerla esta noche.

—Si Lord Parsy no tiene cuidado tendrá un verdadero contrincante en sus atenciones.

—Bueno, bueno. Nos vamos. —Dice Lord Hamilton, haciendo pasar a las damas.

La noche está radiante, y llegan los comensales a la mansión donde se realiza el baile.

Los invitados son numerosos y exclusivos. La más alta burguesía ha sido invitada. Corren los jugos para las damas y el licor para los caballeros. El baile está en su apogeo.

Las damas lucen sus bellísimos vestidos de raso y seda.

Los peinados realzan sus bellezas. La música envuelve el salón e invita a ser bailada.

—Arlis, otra vez te has superado. —le dice Lord Hamilton al presidente del club. El anfitrión se encuentra con su esposa, una bellísima señora de cabellos rubios.

—Por supuesto que sí. —contesta Lord Arlis, quien es amigo personal de Lord Hamilton y la familia. Es un señor de unos sesenta años de edad, conocido por ser muy petulante y arraigado a las costumbres de la época.

Su altura es mediana, de cabellos canos y actitud soberbia.

Por otro lado, la señorita Ana está temblando y se la ve muy nerviosa. Lord Parsy está con ella.

—Me imagino que no estará nerviosa. Sólo son unas pocas reglas. No coma nada mientras saluda.

Ambos pasan por delante de Lady Grace y le sonríen, a lo que ella también responde con una sonrisa más bien irónica.

Acto seguido la dama deja caer su abanico, el cual es recogido por el sobrino del anfitrión de la fiesta, que lo levanta y se queda asombrado observando la belleza de Lady Grace.

—Señorita Glenshow. —dice. —Usted es la señorita Glenshow, ¿verdad? Soy Frederick Arlington. Me han hablado mucho de usted.

Grace le responde amablemente.

Lord Arlington continúa: —Qué nombre tan hermoso, bueno... se lo dirán todo el tiempo. Bienvenida a la casa de mi tío. ¿Bailamos?

Como un verdadero caballero escolta a Lady Grace Glenshow hasta la pista de baile, sumándose a los otros bailarines.

—Iba a presentar a Grace a su sobrino, pero ya veo que los jóvenes se presentan solos— dice riéndose Lord Hamilton.

—Henry, luego debo hablar contigo. —le dice Lord Arlis a Lord Henry Hamilton, mientras éste se retira para hacerle compañía a su esposa.

En ese tiempo Ana se encuentra sola, mirando cómo bailan todos, por eso Lady Sarah se acerca con su esposo y le hace la invitación:

—Ana, ven, baila con nosotros. Súmate, querida, queremos que te diviertas.

Los tres bailan, bajo la mirada de disgusto de Lord Arlis.

Lord Parsy contempla disimuladamente a Ana mientras bailan Lady Sarah, Lord Hamilton y ella.

Después de un rato, Lord Hamilton se disculpa:

—Señoras, voy a sentarme un momento. Ya no soy tan joven. Ustedes entenderán. —concluye agitado.

Mientras tanto, en el jardín de la mansión, Lady Grace y Lord Frederick se encuentran platicando:

—Es hermoso este lugar. ¿Podríamos internarnos un poco más en el jardín?

—¿No deberíamos volver con los demás? Una mujer de su educación y nobleza no debería hacer esas propuestas. Se muestra usted… ¿Cómo decirlo? Impaciente.

Grace se queda con la boca abierta. No puede creer lo que Frederick Arlington le está diciendo.

Entretanto, Ana baila delicadamente el vals con Lady Sarah. Luego de unos momentos se apartan de los otros danzarines y se quedan hablando en voz baja una a la otra.

Uno de los invitados saca a bailar a Lady Sarah para luego entregársela a Lord Hamilton. La pareja gira e irradia felicidad.

Mientras Ana espera a Lord Parsy para bailar, escucha que murmuran sobre ella.

En ese momento llega Lord Frederick Arlington y se dirige a ella.

—¿Nos conocemos? —le pregunta a Ana.

—Creo que no.

—Soy Lord Frederick Arlington.

En ese mismo instante se suma Lord Parsy y dice, extendiendo su mano hacia Ana y mirándola fijamente:

—Ana, bailemos. Este vals me corresponde. Tal vez el otro, mi amigo.

Ante esta situación Lord Frederick se enfurece, aunque trata de ocultarlo muy elegantemente.

Lord Parsy escolta a Ana nuevamente a la pista de baile y le sonríe.

—Ana, está preciosa esta noche. —le dice.

Lady Grace, al igual que Frederick Arlington, intentan disimular su enojo con una sonrisa forzada.

—¿Ve?, —dice Lord Parsy —como le había dicho, es igual que cabalgar.

—No lo creo, —dice Ana. —cabalgar requiere más esfuerzo.

Ambos ríen.


Lady Sarah está orgullosa de su hija. Lady Amelia se ve deslumbrante esta noche y está bailando con un joven muy guapo.

—Esta noche se la ve maravillosa. Gracias, querido, por haberme dado una vida feliz. Te amo.

Lord Hamilton estrecha a su mujer con un cariñoso abrazo.

—Gracias a ti, querida. Gracias a ti. —le dice, para luego reunirse con Lord Arlis, quien lo manda a buscar con uno de los invitados.

Lady Grace se hace un tiempo para reunirse con Ana y le dice:

—Si usted quiere a los Hamilton, aléjese de esta familia, venga, escuche.

Acto seguido Grace dirige a Ana hacia donde están conversando Lord Arlis y Lord Hamilton.

—Esta vez te has extralimitado, Henry. Traer una sirvienta al baile, a una huérfana. Me estás ofendiendo a mí, a mi familia y a todos los invitados.

Ana se pone a escuchar la conversación detrás de una columna con el corazón apretado y compungido, mientras que Grace pone cara de satisfacción.

—Allá tú y tus ideas retrógradas, Ana es una chica brillante. Una buena amiga de Amelia y merece más que nadie estar en este baile.

Los hombres se miran con recelo y se van por caminos opuestos.

—Ya ve, Ana. —dice Grace. —Lo escuchó usted misma. No pertenece a Evenwood.

Ana queda perpleja ante tremenda situación.

Grace desliza su brazo por el hombro de Ana y la lleva unos metros más atrás.

Ana ya no escucha la música, solo las palabras de Grace rebotando en su cabeza.

—Para que vea que la estimo como una amiga, le doy una ofrenda de paz.

—¿Qué dice? ¿De qué se trata?

—Bueno, he convencido a mis tías Clara y Miranda que la alojen en su casa para ayudarles. Como le dije antes, son muy ancianas, y al no estar yo, necesitan de alguien que las cuide. La casa no es tan grande como Evenwood, pero el lugar es cómodo y tranquilo. Y en sus circunstancias, tal vez podría encontrar un marido.

En realidad lo que Grace desea al decirle a Ana todo esto es sacársela del medio y poder así conquistar a Lord Jeff Parsy.

—Allí está la escurridísima señorita Ana, tal vez desee sumarse al juego. —dice Frederick Arlington, apareciendo de repente y señalando la pista de baile.

—Quizás, Lord Frederick Arlington. Quizás en otra ocasión.

Ana piensa que Grace es una intrigante muchacha, pero no dice nada y guarda la compostura como una verdadera dama.

*****

Al otro día, en el campo, un jinete pierde las riendas del caballo que está montando y ambos ruedan por el suelo. El caballo se ha torcido una pata.

El sol de la mañana se refleja en el pelaje de los caballos, y es el día anterior a la carrera de Evenshire.

Lord Hamilton se encuentra con Lord Arlis, y le comenta:

—Veo que no te pierdes nada.

—Es un privilegio del presidente del Torneo.

—Mira Arlis, el linaje de mis caballos es más antiguo que el de ustedes.

—Dificulto que clasifiquen para la carrera. El caballo de Lord Parsy se ha accidentado y su jinete tampoco está bien.

Se acerca Frederick Arlington.

—Cuánto lo siento. —dice Lord Arlis.

—Eso lo veremos —exclama Lord Hamilton. —Hay que ver todo en perspectiva, además es sólo una carrera de caballos, ¿no?

—¿Recuerdas cuánto disfrutaba mi padre del torneo?

—Claro que sí.

—Amaba la excelencia de la raza, tanto de caballos como de hombres.

—A ti y a tu hermano los esperaba año tras año.

—Es una pena que haya perdido a mi contrincante que los representaba. Esperaba este momento con gran fervor.

Lord Hamilton vuelve a Evenwood desesperado. Apenas entra a la mansión, exclama desde la puerta:

—¡Ana, por favor ven aquí, te necesito! ¿Dónde estás?

Ana acude corriendo a su encuentro.

—¿Qué sucede, Lord Hamilton?

—Ven, siéntate, querida. Quiero que me ayudes.

—Por supuesto, lo que sea.

—¿Sabes, Ana? Pasé toda mi vida aquí rodeado de idiotas, pero ahora lo creo, estoy de acuerdo con mi hermano. Cuánto lamento no haberlo escuchado antes. ¿Sabes lo peor que esta gente me ha hecho?

—No, Lord Hamilton.

—Me han robado a mi hermano. Mi hermano se alejó por ellos. No podía tolerar las tonterías de toda esta sociedad, de todos los Arlis y... ¿sabes una cosa? Él pensaba que yo era uno de ellos. Pero ahora no, ya no más. Durante años me he sublevado a estas ideas pero no he hecho nada para combatirlas. Ahora es el momento.

Ana no entendía mucho de qué estaba hablando Lord Hamilton, pero su rostro cambió totalmente cuando escuchó lo siguiente de su boca:

—Tal vez pienses que es una tontería, pero desearía ganar el torneo. Y sé que Salim podría lograrlo.

—Sí, desde luego, pero podría presentar problemas para Lord Parsy, pues esa yegua es muy difícil de controlar.

—No, no hablaba de Lord Parsy sino de ti.

Inmediatamente Ana se levanta del sillón y comienza a caminar de lado a lado, muy nerviosa.

—No... no, no puedo ser yo. Tendría que cabalgar de costado y eso es muy peligroso.

—Pero sí puedes montar de frente. Puedes usar la silla de mi hermano.

—Pero... Lord Hamilton, no se permiten mujeres en los torneos.

—Ese es el punto. —dice, y a la vez que mira el techo como viendo a alguien allí arriba, agrega: —¡No hay algo más tonto que eso, demonios!

Pero Ana se limita a mirar al piso, diciendo tímidamente:

—No me lo permitirán.

—Tú déjame a mí. Yo me encargo de ello. No hay ningún punto en el reglamento que diga específicamente que una mujer no pueda ser parte de la competencia.

Acto seguido Lord Hamilton detiene a Ana, que todavía estaba deambulando de un lado a otro de la habitación, y gentilmente la toma de los hombros, mirándola fijamente a los ojos.

—Ana... Ana, por favor, hazlo. Hazlo por mí. Por Evenwood, por mi hermano.

—Sí, tiene razón. Ganaremos.

Los dos se abrazan y se contagian ese fervor de aquellos soldados motivados, dispuestos a dejar todo en el campo de batalla.

Luego de despedirse, Lord Hamilton va al cuarto de su hermano. Todo está como cuando él se fue, sólo se ha agregado un cajón, que a modo de baúl guarda sus pertenencias de sus días en la bella Italia.

Entre otras cosas saca la silla de montar.

—Querido hermano… —piensa para sí.

Mientras tanto, en el jardín trasero de la mansión, Lady Amelia recita poesías en dueto con Lord Parsy.

Ana los mira desde arriba pensando que estaba enamorada de Jeff, pero se da cuenta que su amor a los Hamilton es mucho más fuerte y vigoroso. Todavía contemplando la escena desde los grandes ventanales, piensa:

—Debo desaparecer de aquí. Tal vez al irme Lord Parsy se enamore de Lady Amelia, aunque ella aún es una niña.

Ana repasa los momentos vividos la noche anterior y se da cuenta que Lady Grace ha puesto las reglas en claro. Ella es sólo una dama de compañía, una sirvienta, una huérfana sin mucho destino.

Se da la media vuelta y sale de esa habitación. Sube la escalera que lleva a los cuartos de dormir y entra de improviso al cuarto de Lady Sarah para devolver el collar que ella le había prestado, aquel que pudo lucir distinguidamente en la fiesta.

Pero aprecia que ya hay alguien en la habitación.

—David, ¿qué haces aquí? Muéstrame tus manos. ¿Qué escondes? ¡Muéstrame!

David queda paralizado.

—Por favor. Por favor, Ana.

—¡Déjame ver!

El muchacho le muestra avergonzado una pulsera que sostiene en la mano.

—¿Cómo te atreves? ¡Robarles a los Hamilton, con todo lo que han hecho por ti!

—Ellos no tuvieron que trabajar de sol a sol para tener lo que tienen.

—No lo puedo creer, David. Les robas a los Hamilton…

—¿Y tú qué dices? No eres de su familia, eres la huérfana Ana. La huérfana. No te olvides. ¡Esto tendría que ser tuyo! —dice David, mostrándole el joyero.

—No soy una ladrona, ni tampoco tú. ¿Ahora qué haremos?

—No me entregues, Ana. No me entregues, te lo suplico.

—No te voy a delatar, pero debes prometerme que nunca más lo volverás a hacer.

—Te doy mi palabra, Ana.

La muchacha toma la pulsera y la coloca en el joyero, junto al collar que venía a devolver.

—Vete inmediatamente de aquí, sabes que no puedes entrar a la casa, y menos a este cuarto.

David sale de la habitación y unos segundos después lo hace Ana, encontrándose en el pasillo con Lady Grace, que le pregunta:

—¿Y qué hacías tú allí dentro?

—Devolviendo el collar que Lady Sarah me prestó para la fiesta —dijo Ana sin titubear.

—Por cierto, he recibido carta de mis tías. ¿No has olvidado sobre lo que hablamos, no? Me temo que un rechazo a estas alturas sería muy cruel para estas dos ancianas.

—Sí, lo entiendo, Lady Grace. —contesta Ana tímidamente.

Al bajar las escaleras, una vez en la sala, Grace le cuenta a Lady Sarah los planes para Ana, sin decirle el verdadero motivo que la lleva a ello, a lo que Lady Sarah reacciona, mirando a Ana y preguntándole:

—Ana, ¿estás segura que quieres hacer esto? No puedo imaginar la casa sin ti.

—No puede ser, Ana, ¿cómo voy a pasar los días sin ti, queridísima amiga? —exclama Lady Amelia, llorando.

—Usted misma me dijo hace unas semanas que algún día tenía que irme, — le dice a Lady Sarah, mirándola con tristeza. —para tener mi propia vida.

—Sí, pero no tan pronto.

—Lo haré luego de la competencia. No era mi intención angustiarlas.

Madre e hija lloran y se abrazan al escuchar esta triste noticia.

—Es lo mejor para todos. —concluye Ana, pero su corazón está destrozado por dentro.

Lady Grace, sin embargo, se siente muy satisfecha.

Lady Sarah se apura a contestar:

—Pienso que lo que vendrá no puede ser tan feliz como lo fui hasta ahora, pero eso sería egoísta de mi parte. Sé que tal vez necesites hacer un cambio, Ana, pues para los jóvenes es muy importante, pero para mí los cambios representan pérdidas y eso me pone muy triste. Entiendo que quieras irte, pero te extrañaremos. Eres como una hija para nosotros.

Y acercándola hacia sí, la abraza y le susurra al oído:

—Cariño, ¿qué haremos sin ti?

*****

Finalmente llega el día de la carrera tan esperada.

—Ana, solo recuerda que Salim no tuvo la oportunidad de recorrer la pista como los demás caballos.

—No me asuste, Lord Hamilton. —le contesta Ana, algo atemorizada. Creo que esto es un error.

—Recuerde que es como bailar— interrumpe Lord Parsy.

—Henry, ¿estás seguro de esto? ¿No ponemos en peligro la integridad de Ana?

—¿No confías en mí, mujer?

—¡Yo confío en ti, papá!— comenta Lady Amelia, muy

alegre, y dirigiendo la mirada hacia su dama de compañía, agrega: —y en Ana también.

—¿Y si crea un escándalo?

—¡Esta vez has ido muy lejos! —exclama Lord Arlis.

—¿Qué dices? Esta joven puede hacer círculos con los caballos.

—Tu familia es toda igual, no se atienen a las reglas.

—En verdad yo leí atentamente el reglamento y no hay ninguna cláusula que impida a una mujer participar del evento.

—Es una vergüenza. Una mujer ¡y montando de frente! Una vergüenza. No lo permitiré.

—¿Es que te sientes amenazado por una mujer?

Lord Hamilton tocó la fibra sensible de Lord Arlis con ese comentario.

Su sobrino, que estaba participando de la conversación, acotó:

—Está bien, tío, déjala participar. Es más, si ella no participa yo tampoco lo haré.

—¿Alguien más quiere discutir esto?

Lord Arlis se dirige a la señorita Ana diciéndole:

—Manténgase fuera de mi camino, señorita. Lo más lejos que pueda.

Y dirigiéndose a Lord Hamilton, le dice directamente:

—Su sangre estará en tus manos. Y yo no toleraré el sacrificio.

Lord Hamilton se da vuelta y se dirige a Ana, y le dice suavemente:

—Ana, debes concentrarte. No hagas nada que te ponga en peligro. Estamos orgullosos de ti y no tienes que demostrar nada. No te pongas en riesgo, querida.

Lady Sarah se acerca y le murmura casi al oído:

—Ahora ve y haz lo que tienes que hacer.

Todos se preparan para la largada.

El público grita apoyando a sus favoritos. Los jinetes están nerviosos. Damas y caballeros están atentos a la largada. Todo es algarabía y adrenalina.

En la línea de largada los caballos ocupan sus puestos. El sol da de pleno sobre la pista, reluciendo en el pelaje de los animales.

La tarde es pura fiesta, hasta que se escucha lo siguiente por los altoparlantes, y todo el bullicio se convierte en un silencio expectante:

—¡Corredores, a sus puestos!

—Listos…

—¡Fuera!

Los gritos acompañan el comienzo de la carrera, el trotar de los caballos es una música inquietante.

Los caballos galopan por el recorrido demarcado para la carrera, saltando vallas de madera, piedras, bolsas de trigo y ligustros. Todo es emoción y adrenalina.

—¿Ana va bien? —pregunta Lady Amelia.

—Sí. —Responde su padre, —fácilmente de ver. Es la última —contesta sin sacar los catalejos de sus ojos.

Uno de los jinetes cae del caballo al ponerse este en dos patas delante de una barrera. Otro caballo recula y se empaca.

Ana sigue última.

Sigue la carrera y todos animan a su favorito. Los Hamilton y Lord Parsy lo hacen por Ana.

—¡Otro ha caído!

—No es Ana, ¿verdad, papá?

—No te preocupes, no es ella, ¡y se ha adelantado al sexto puesto!

Los caballos cruzan el puente sin problemas, pero aún queda el desafío final: saltar el agua.

Unos metros más adelante y Salim realiza el salto como si siempre lo hubiera cruzado.

Lord Hamilton salta de la emoción en su lugar.

—¡Ésa es mi niña! —grita.

La tropilla se dirige hacia el doble salto.

—Eso me parece inapropiado para una dama. —

exclama un hombre del público.

—Vamos, vamos Ana. ¡Ya la podemos ver, papá! —exclama Amelia. Lady Sarah mira a su hija con cariño.

Caen dos jinetes más. Ana está segunda y va al trote para alcanzar el primer puesto.

Es el último tramo, y el jinete que ocupa el primer lugar debe pasar el próximo obstáculo para luego llegar a la línea de meta. Ana lo sigue muy de cerca por detrás.

Decide no esperar a que el jinete haga el salto y apura a Salim.

Los dos caballos llegan al mismo tiempo al último obstáculo, lo superan, pero Salim sale más rápido apenas toca el suelo.

Por unos pocos segundos Ana queda primera y llega a la meta, ganando así la carrera.

Todos los Hamilton descienden a la pista a encontrarse con Ana, extasiados de emoción y alegría.

—¡Fue maravilloso! —exclama Lord Hamilton, acercándose a la jinete vencedora.

Ana se baja lo más rápido que puede de Salim para correr y abrazar a Lord Hamilton.

—Estuviste maravillosa, querida. Les has demostrado que las mujeres pueden cabalgar como un hombre y mejor aún.

Al terminar la carrera y luego del evento de premiación, los Hamilton vuelven victoriosos a Evenwood.

Son aproximadamente las cinco de la tarde y Ana se encamina hacia el establo, donde se encuentra con Lord Parsy.

—Quise felicitarla al finalizar la carrera, pero me fue imposible llegar. Debo hablar con usted, Ana. Siento que la otra noche he dicho algo inapropiado.

—Por favor, no quiero que retire lo que ha dicho, aunque escucho sus palabras una y otra vez en mi mente.

Lord Parsy la toma de sus manos, y ella, mirando hacia el costado, le contesta:

—Entiéndame, no es por usted.

— ¿Por quién, entonces?

—Por mí, sólo por mí. Creo que son las reglas. Usted y yo somos diferentes. La sociedad no lo aprobaría.

—Eso no me importa.

—Pero a mí sí. Acepté un nuevo trabajo, me voy de Evenwood.

—Pero, ¿qué dice, Ana? No puede ser cierto. Usted pertenece aquí.

—Lo siento, Lord Parsy, no puedo decirle más.

Mientras tanto y en la mansión, Lord Hamilton entra al cuarto de su hermano para devolver la silla que usara

Ana en la carrera.

Su mujer lo llama desde la puerta de la habitación.

—Querido, ¿vienes a cenar?

—Mira este poema… se lo escribí a mi hermano cuando tenía diez años. Estaba tan enojado con él que durante veinte años no revisé sus cosas. Este poema forma parte de los recuerdos de cada uno de los integrantes de esta familia que él llevó a Italia.

—Eres un viejo tonto, —acota su mujer. —pero te amo. Ven, no tardes para la cena.

De pronto, y debajo de unas cartas, Lord Hamilton encuentra un sobre de cuero que contiene una nota y un documento. Lo abre y lee su contenido.

El hombre de la casa se desliza hasta quedar sentado en el suelo. No puede dar crédito a lo que está leyendo. Las manos le tiemblan. Se aprieta el pecho con la mano derecha.

Abajo, esperándolo, se encuentra la familia y los dos jóvenes lores.

Grace se adelanta para hablar con Fred.

—Creí que tomaría un jerez conmigo.

—Cambié de parecer. —dice Frederick, y acto seguido sale de la casa para seguir a la señorita Ana que va hacia el estanque.

—¿Ha visto a la señorita Ana? —le pregunta Lord Parsy a Grace, que se encontraba en la puerta de la casa.

—Sí, se dirigía al jardín.

Grace intuye que Fred se insinuará a Ana y desea que Lord Parsy lo vea.

*****

Ana camina lentamente, bordeando el estanque, y se dirige a la sombra de los árboles junto a los arbustos. Las enredaderas visten con lujo las arcadas de la galería que da al jardín.

Fred la sigue y la toma de atrás.

—Oh, pero miren quién está aquí, la escurridiza Ana.

—Me ha seguido hasta aquí.

—Sí, como un perro obediente. Decidí acatar todas sus silenciosas señales. Por Dios, algunas tan sutiles que casi le tenía que leer el pensamiento.

—Pero, ¿de qué habla, Lord Arlington?

—De las señales. De esas señales que usted me enviaba. Era eso lo que quería, ¿no? Alguien que la conozca más que usted misma, y ahora estoy aquí.

—Lord Arlington, lo siento, pero evidentemente hay un malentendido. Yo no le he dado ninguna señal.

—¿De veras? Lo ha hecho con una inigualable sutileza. Yo, como usted sabrá, no tengo que correr tras de ninguna mujer, al menos que ella lo desee.

—Usted está loco. Debo irme.

—No, no lo hará. —le dice abrazándola salvajemente hasta hacerla caer. El joven intenta besarla alocadamente.

—Puedo darle una vida que ni usted soñó.

Intenta nuevamente besarla, pero Ana se defiende como puede, a manotazos.

—Déjeme, por favor, ¡déjeme!

En eso, Lord Parsy, que venía a su encuentro, se da con la amarga escena, e inmediatamente reacciona sacando a Fred de encima de Ana.

—Métase en sus asuntos. —replica Lord Fred sacudiéndose las prendas negras, a la vez que se dirige a la mansión.

—Ana, ¿estás herida?

—No, es que… no me siento bien. —dice temblando y en estado de shock.

Lord Parsy la toma del brazo con delicadeza, y de reojo nota que la muchacha está pálida del susto.

—Sosténgase. —le dice. —¿Se ha lastimado?

—No es nada.

—Por favor, permítame que la cure como usted hizo en su momento.

Le coloca su pañuelo en la mano a manera de venda y la conduce hacia adentro de la gran casa.

En la mansión los gritos de Lord Fred llamando a David atraen al señor Hamilton hacia la sala.

—¿Dónde se metió ese muchacho? —dice refiriéndose a David. —¡Que traiga mi caballo!

—Pero, ¿qué sucede aquí?

—No lo sé, —dice la criada. —es Lord Arlington, está fuera de sí.

En ese momento Lord Parsy, que entra con Ana, exclama:

—¡Lord Arlington está lejos de ser un caballero! Se comportó inapropiadamente con la señorita Ana.

—¿Qué le ha hecho a Ana? —pregunta Lord Hamilton.

—Nada. No le he hecho nada. Aparte, ¡a quién le importaría! Es sólo una sirvienta. Llámela como quiera, pero nunca va a ser uno de nosotros.

Todos miran a Lord Arlington asombrados, y entre los gritos y la conmoción, Lord Hamilton se lleva la mano al pecho y se desploma al piso.

Media hora más tarde el doctor lo atiende y su diagnóstico no es bueno, dice que Lord Hamilton, quien está dormitando recostado sobre las almohadas de su cama en su habitación, está muy delicado.

Toda la familia, acompañada por Lord Parsy, se ha concentrado en la sala. Madre e hija están abrazadas llorando.

Al rato Lady Sarah se hace presente en la habitación y se pone al lado de su amante compañero de toda la vida, le acaricia la cara y sus cabellos castaños. Lord Hamilton la mira con dulzura y esforzándose, alcanza a decir:

—Mi querida Sarah, recuerdo el primer día que te vi. Tenías puesto un vestido blanco que reflejaba tu pureza. Llevabas el cabello recogido, tan decente. Cuando el viento sopló hizo lo que yo deseaba hacer en ese momento, un mechón de tus cabellos se soltó y acarició tu rostro con él. Te amé desde el primer momento…

Ella acaricia su rostro, se toman de las manos, ella le besa la mano y dice:

—Gracias, querido… siempre me sentí amada y protegida por ti. Eres un marido maravilloso y un padre ejemplar. Tu hija te ama.

—Sarah, yo… tengo que pedirte un favor.

Lord Hamilton está muy agitado y apenas puede pronunciar palabra. Retoma la conversación después de un ataque de tos.

—Querida Sarah… sucedió algo. Tengo que hablar con Ana a solas.

—¿Con Ana, querido?

—Sí, por favor no me pidas que te explique ahora. ¿Puedes pedirle que venga?

Lady Sarah llama a Ana, quien se encuentra reunida en la sala principal con Lady Grace, Lady Amelia y Lord Parsy.

Amelia está algo inquieta y Lady Grace parece una simple y fría estatua.

Atrás de ellas la servidumbre se encuentra de pie, unos al lado del otro formando una fila. Sus delantales y cofias blancos contrastan con el gris oscuro de sus vestidos.

Ana se levanta y acude al llamado de Lord Hamilton.

Abre la puerta y entra a la habitación, muy apenada de ver a su querido protector en esas condiciones.

—Ven Ana, siéntate a mi lado. Tengo que hablar contigo. Querida, en todos estos años te has portado magníficamente. Hoy has corrido de maravillas. Lo llevas en la sangre.

Lord Hamilton piensa en su hermano, en cuánto le gustaba cabalgar, y prosigue:

—Mira querida, tengo que decirte algo muy importante, pero antes me gustaría que tomaras de mi abrigo unos papeles que se encuentran en el bolsillo interno.

Ana se levanta despacio y se dirige al abrigo para sacar los papeles indicados por Lord Hamilton.

Los toma y vuelve para sentarse en su cama.

—Cuando viajé a Italia para enterrar a mi hermano, lo único que encontré fue una niña flacucha que era hija de su criada, así me lo dijeron. Fui atraído por su dulzura. Desde ese día todos los días he sido bendecido por esa ternura.

Ana lo mira con amor, pues verdaderamente lo quiere como a un padre.

—Dios, de solo pensar que casi te dejo allí…

Lord Hamilton respira con dificultad.

—Por favor, no se apresure para hablar. —le dice Ana, posando gentilmente una mano sobre su hombro.

—Estaba tan enojado con mi hermano que no había revisado sus cosas en años. Te he robado, querida Ana, te he robado…

—¿Qué quiere decir con eso?

Lord Hamilton señala los papeles.

—Abre la carta, por favor, ábrela…

Ana lo hace lentamente, como acariciando esos papeles que saca de un sobre de cuero gastado y añejo.

Se encuentra con una foto.

—¿Quién es ella?

—Es tu madre, Ana.

— ¿Mi madre?

—Sí, es tu madre. Ella murió en la misma epidemia en la que murió tu padre.

—Te he robado, Ana. Te he robado…

—No diga eso, Lord Hamilton. Usted me ha salvado. ¿Qué hubiera sido de mí si usted no me traía a Evenwood? Ustedes me han criado como si fuesen mis padres. Y yo estoy tan agradecida…

Pero Ana no pudo continuar, ya que Lord Hamilton la interrumpió:

—Mi hermano John es tu padre.

Ella lo mira incrédula.

—Pero… ¿cómo es posible? ¿Estaban casados?

—Sí, allí está todo, puedes leerlo. Otra cosa Ana, es un favor muy especial.

—No se inquiete, Lord Hamilton. No le hace bien.

—Déjame decirte. Te lo ruego. Sé amable con ellas, yo no voy a estar aquí para ayudarlas…

—Usted sabe que siempre las cuidaré.

—Por favor, perdóname Ana, de haberlo sabido no…

—No se preocupe, yo estoy bien, siempre estuve bien, me han tratado como a una hija.

—Sí, pero dormiste con la servidumbre.

—No tengo por qué perdonarlo. Usted no me ha hecho nada malo. Es el único padre que he amado.

—Te quiero mucho, Ana. Siempre te he querido.

Ella le besa las manos y apoya su cabeza en el pecho del enfermo.

Luego, en su cuarto, se tira en la cama para leer con detenimiento su acta de nacimiento.

—¡Soy verdaderamente una Hamilton!

*****

Contrastando con la feliz noticia, lamentablemente Lord Hamilton no puede reponerse de su apoplejía y muere esa misma tarde.

En el cementerio, el Párroco da la última bendición a Lord Hamilton.

—Aquí descansan los restos de Lord Henry Hamilton. Su alma seguirá viva entre todos nosotros, en sus seres queridos, su esposa Lady Sarah, su hija Lady Amelia y la señorita Ana, quien fue como su hija para él. A partir de hoy y para siempre, hasta el fin de nuestras vidas en esta tierra, alimentaremos su espíritu y lo mantendremos vivo con el recuerdo.

—Ana, estoy tan asustada —dice Lady Sarah al retirarse del cementerio.

—¿Que pasará ahora que no tengo a Henry? Por favor, Ana, prométeme que te quedarás con nosotras.

—Por supuesto que lo haré, nunca las dejaré solas.

—Gracias Ana, sabes lo que pienso de los cambios, me asustan tanto... sobre todo cuando no encajan en un final no muy feliz. Ahora sólo quiero descansar y que las cosas sigan como antes.

Todos se encaminan hacia la mansión. El cementerio de la familia queda muy cerca de la casa.

Lord Parsy las sigue, lentificando su paso. No desea perturbar a las damas que visten de negro.

Amelia abraza con el brazo izquierdo a su madre y con el derecho a Ana. Así caminan las tres estrechamente unidas en su dolor.

Ya en la casa, Lady Sarah y Amelia se retiran a sus cuartos. Ana lo hace también al suyo.

Toma el sobre con los papeles que le diera Lord Hamilton en su lecho de muerte.

En ese mismo momento David, aprovechando que Lady Sarah duerme, saca algunas joyas del joyero y sale sin hacer ruido.

Después de un rato, caminando con pasos decididos, Ana lleva los papeles encaminándose a la chimenea.

En su huida, David ve cuando Ana arroja los papeles al fuego y se retira de allí. El sobre de cuero queda atrapado por uno de los leños. Al irse Ana él se aproxima a la chimenea y rescata el sobre con los papeles. Solo están los bordes chamuscados, los papeles que se encuentran en su interior se han salvado de las llamas.

Ana se encuentra con Lord Parsy, quien está con Lady Sarah y Lady Amelia. Lo oye decir a Amelia:

—Estas últimas semanas han sido muy especiales para mí; he descubierto que usted y yo somos muy semejantes…

No llega a escuchar cómo termina la conversación, ya que huye del lugar pensando que Lord Parsy se está declarando a Lady Amelia. Su corazón se estrecha de dolor al saber que lo ha perdido para siempre.

Por la tarde Amelia y Ana se sientan al piano para tocar juntas.

—Me gustaría estar emparentadas para decirte las cosas más íntimas.

—Haz de cuenta que lo estamos.

—Quiero decirte algo, pero temo que te enojes conmigo. Tengo un secreto que contarte, pero temo que no te haga feliz saberlo.

—Trataré de no enojarme, te lo prometo.

—Hace mucho que quiero decirlo, pero no sé cómo hacerlo.

—No te preocupes. Yo ya lo sé.

—Pero, ¿cómo?, si no se lo he dicho a nadie.

—Sí, yo lo sé: Lord Parsy se te ha declarado. Sé que te casarás con él.

—¡Pero qué dices!

—Sí, eres perfecta para él. Y por supuesto, me hará feliz que se casen.

—Pero, ¿de qué hablas, Ana? Con Jeff no, estás equivocada, no se trata de eso. Yo no me quiero casar con nadie por ahora. Iré a la universidad. Son muy pocas las mujeres que estudian allí. Es de lo único que hablamos Lord Parsy y yo estas últimas semanas. Él me ha dado el apoyo para decidirme.

—¿Y por qué me enojaría por eso?

—¿Te acuerdas que te prometí que nunca te dejaría? Bueno, si me voy a estudiar tendré que hacerlo. Pero vendría a visitarlos asiduamente.

—¿Cómo podría enojarme si haces algo tan valioso como educarte?

—Es que… quería pedirte que no te vayas tú, que por favor no dejes sola a mamá.

Ana con mucho amor la abraza y le promete que pase lo que pase no se irá de Evenwood hasta que ella termine sus estudios universitarios.

—Ten confianza, yo te acompañaré en todo.

—Primero que nada debemos decírselo a mamá y a Lord Parsy.

—Estoy muy orgullosa de ti, pues son muy pocas las mujeres que se atreven a semejante desafío.

—Tú me has inspirado, Ana, desafiando a los hombres en una carrera de caballos.

—Eso no es nada si lo comparamos con la universidad. ¡Bravo, Amelia, te irá bien, te lo mereces! Eso sí, tienes que prometerme una cosa.

—Lo que sea.

—Que me escribirás todos los días. Quiero estar al tanto de todos tus progresos.

—Y… ¿Qué dirías si te escribo dos veces por día?

—¡Sería maravilloso!

Las dos se abrazan y saltan de contentas.


Al rato Lady Grace ve que Lord Parsy está juntando sus cosas para irse. Le dice: —Así que regresa a la ciudad.

—Sí, mañana.

—Lamento no haber tenido tiempo de conocernos un poco más.

—Bueno, no siempre en la vida pasa todo lo que queremos.

—En lo personal no puedo aceptar esa filosofía de vida. Yo me empeño hasta conseguir lo que quiero.

—Va a tener entonces muchas desilusiones. Creo que sabemos más que suficiente el uno del otro.

Lady Grace está al borde del llanto, y Lord Parsy se arrepiente de haber dicho esas palabras.

—Le pido disculpas, no quise sonar tan cruel.

—¿Usted cree que no merece salvarse de su decepción por haber estado enamorado de la que hoy es la esposa de su hermano, haciendo que su corazón quede muerto, frío y sin emociones?

—Mi corazón no está muerto ni frío. Además eso no es de su incumbencia.

—Bueno, entonces es verdad que se ha enamorado de Lady Amelia.

—Pero, ¿qué dice, Grace? Amelia es sólo una niña.

—Ah, entonces está enamorado de la patética huérfana, la pobrecita señorita Ana.

—No diga eso de la señorita Ana, ella es una gran persona y no merece su descrédito. Cállese, Lady Grace, me temo que no está comportándose como una dama.

El rostro de Lady Grace se transforma de odio, clava sus ojos en los de Lord Parsy y se retira dando un giro diabólico.

*****

Al otro día, y horas antes de la retirada de Lord Parsy, la casa es un revuelo. Los sirvientes parecen mariposas que revolotean revolviéndolo todo. Se escucha la voz de Lady Sarah:

—Busquen todos, por favor, busquen, tiene que estar en alguna parte.

En tanto ir y venir, casi se choca con una de sus empleadas.

—¿Las han encontrado?

—No, Madame, no lo hemos hecho, ahora nos disponemos a revisar todos los cuartos.

Lady Grace se sorprende que estén las empleadas revisando sus cosas, y se queja amargamente:

—¿Qué están haciendo aquí? ¡No tienen derecho a revisar mis cosas!

—Lo siento, Lady Grace, pero la señora nos pidió que revisáramos todo y es eso lo que estamos haciendo.

—¿Creen que están aquí? ¡Cómo se atreven de solo pensar eso! ¿Por qué no revisan el cuarto de abajo? —refiriéndose a la habitación de Ana. ¡Fuera de mi habitación. ¡No las quiero aquí ni un segundo más!

Las criadas salen corriendo, asustadas por el maltrato recibido por parte de Lady Grace.

Lady Sarah les pregunta abajo:

—¿Cuántos lugares faltan por revisar?

—Muchos Madame, muchos, recién empezamos.

Entonces Grace, aprovechándose del alboroto, se dirige a la habitación de Lady Sarah y toma de su alhajero el collar que le prestara a Ana el día de la fiesta. Una costosa joya de diamantes y perlas que su marido le regaló el día de su boda.

Corre sin ser vista y lo coloca en uno de los cajones de la cómoda del dormitorio de Ana para luego sumarse a la búsqueda de las joyas que faltan.

Por último, una de las sirvientas revisa el cuarto de Ana y no puede creer lo que ve, el collar se encuentra en el cajón de los pañuelos.

—Pero, Ana, ¿qué has hecho? —se dice.

Lo lleva a la sala donde Lady Sarah se encuentra leyendo con Lady Amelia y Ana, y lo entrega a la señora de la casa.

—Dios mío, Ana, dime que no es verdad, que tú no lo has robado.

—No sé qué hace allí el collar, alguien lo habrá colocado allí, yo lo devolví el día posterior a la fiesta. Usted me vio, Lady Grace. Usted me preguntó qué hacía allí y yo le comenté que venía de devolver el collar que me había prestado Lady Sarah para la fiesta.

—No sé de qué me está hablando, querida. Para mí es una novedad lo que dice.

—Pero...

Todos la miran con ojos inquisitivos.

Ana se dirige a Lady Sarah para decirle que sabe quién lo ha hecho.

—Déjenme explicarles.

Lord Parsy se suma a la reunión.

—Sé quién lo ha hecho pero no puedo decírselos. He hecho una promesa y jamás las rompo.

—Debes decirlo, Ana, esto te inculpa directamente. No podemos albergar a un ladrón dentro de esta casa.

—No lo haré. Sí les pido que confíen en mí. Jamás le robaría a quienes me cuidaron como a una hija. Yo los amo demasiado para hacer una cosa así. Confíen en mí, se los ruego.

—Ana, —le pide Lord Parsy, —dígalo.

—Por favor —le pide nuevamente, y mirando al resto del grupo, dice —dejen de atormentarla. Si dijo que no fue ella deben creerle, Ana es una buena mujer, jamás haría algo así.

Ana sale corriendo y llorando. Lord Parsy la sigue por detrás.

—Ana, déjeme ayudarla. No tiene que explicarme nada. Yo le creo. La sacaré de aquí para ponerla a salvo, la llevaré donde nadie pueda hacerle daño. Estoy enamorado de usted.

—Yo no tengo nada que ofrecerle y esta vergüenza me acompañará el resto de mis días.

—No diga eso, tiene su corazón puro para entregarme y eso es más de lo que cualquier hombre pueda aspirar. El robo de las joyas se aclarará. Ana, la amo.

—Si me hubiese dicho esto una hora atrás le hubiera dicho que yo también estoy enamorada de usted desde el día en que lo vi. Pero ahora me es imposible aceptar su propuesta. Esta vergüenza me acompañará a cualquier lugar que vaya. Ahora sí que no tengo nada que ofrecerle.

Ana se echa a llorar desconsoladamente y Lord Parsy la abraza, besándole los cabellos.

Simultáneamente un carro atraviesa el campo con un hombre detrás en la carreta.

Es David, que se ha arrepentido de haber robado las joyas de Lady Sarah y llevarse también los papeles de la señorita Ana. Sabe que son importantes para ella, ya que es la única heredera de sangre de Evenwood.

Corre desesperadamente hasta llegar a la mansión.

David entra en la cocina clamando a voz en cuello.

—¡Ana, Ana!

—Está en la casa. —contesta la cocinera.

David entra en la mansión como demonios que son llevados por los vientos.

Se acerca a Lady Sarah, se arrodilla a sus pies y le da una pequeña bolsa que contiene las joyas robadas.

—Tome, son veneno para mí.

—Verá que falta una. La he vendido. Es el collar de amatistas, pero le devolveré el dinero, me arrepiento de haberlo hecho, Lady Sarah, me arrepiento. ¡Se lo juro!

—¿Ve? Se lo dije, —acota Lady Grace, —entre los dos le robaban, Lady Sarah.

—No diga eso, Ana no tiene que ver nada con esto. Al contrario, trató de disuadirme. ¿Recuerda la tarde en que usted le preguntó qué hacía en el cuarto de la señora y ella le contestó que estaba devolviendo el collar que ella le prestara para el baile?

—No sé de qué está hablando.

—Sí que lo sabe. No mienta. Yo asumo mis errores. Hágalo usted, por favor.

—Supongo que no le creerá a él, ¿no? A un patético ladrón.

—¡Grace! —exclama con autoridad Amelia, imponiéndose.

—¿No lo ves, mamá? Quiere implicar a Ana. Qué desagradable su comportamiento.

—Grace, te has cavado tu propia fosa. Deberás encontrarte un nuevo hogar. Ya no eres bienvenida en esta casa.

Cuando Grace sale de la sala, David le entrega a Lady Sarah el sobre que Ana había dispuesto para que se quemara.

—También debo darle esto, Lady Sarah. Ana lo arrojó al fuego y yo lo rescaté de entre las llamas, creo que debería leerlos.

—Madre, ¿qué es?

Lady Sarah se pone a leer los documentos, y en unos pocos minutos ordena:

—Llama a Ana, dile que venga aquí.

Una de las mucamas corre a buscarla y Ana entra a la sala de lectura.

—Ana, querida, por favor siéntate.

Al ver el sobre de cuero chamuscado, a Ana le sobreviene un escalofrío en la espalda.

—¿Dónde lo encontraron? ¡No puede ser! Yo lo quemé.

David se aproxima a ella y le dice:

—Yo lo rescaté, Ana, sin saber lo que era. Pero luego, al ver tu enorme sacrificio, tuve que traerlo.

—Déjennos solos, por favor —le dice Lady Sarah a la servidumbre.

Con educación y en silencio, todos se retiran.

Lady Sarah lee el documento en voz alta:

—Yo…… dejo todos mis bienes a mi única hija Ana Adele Abalon Hamilton, declarándola única heredera de sangre de los campos y la mansión de Evenwood al cumplir los veinticinco años de edad.

—Yo no quería que vieran eso, intentaba no inquietarla. Sé lo que significan para usted los cambios, querida Lady Sarah. Deseaba que no tuviera uno más…

Amelia no puede contenerse y dice, contenta:

—¡Eso significa que tú y yo somos primas! ¿No es cierto, mamá?

—Así es hija, Ana es mi sobrina, era eso lo que intentaba decirme tu padre en su lecho de muerte.

—Pero, ¿por qué querías ocultarlo, Ana?

—Yo tenía todo lo que quería. Una propiedad no significa nada, y ser Lady nunca fue mi ambición.

Lord Parsy pide amablemente entrar a la habitación y se reúne con Ana, a quien le dice, mientras la abraza:

—Si es de su agrado, Ana, nos casaremos y nos quedaremos en Evenwood, cuidando de Lady Sarah y Lady Amelia.

Ana no puede hacer otra cosa que sonreír tímidamente, mirarlo y decirle a los ojos:

—Ahora la sangre nos reúne.

FIN

**Estimado Lector**

Nos interesa mucho tus comentarios y opiniones sobre esta obra. Por favor ayúdanos comentando sobre este libro. Puedes hacerlo dejando una reseña en la tienda donde lo has adquirido.

Puedes también escribirnos por correo electrónico a la dirección: **info@editorialimagen.com**

Si deseas más libros como éste puedes visitar el sitio de **Editorialimagen.com** para ver los nuevos títulos disponibles y aprovechar los descuentos y precios especiales que publicamos cada semana.

Allí mismo puedes contactarnos directamente si tienes dudas, preguntas o cualquier sugerencia. ¡Esperamos saber de ti!

# Más Libros de Interés

**El Amor Romántico:** Cómo Mantener encendida la llama del amor en todas sus etapas.
¿Qué podemos hacer para mantener vivo el romance? Con tantos matrimonios que terminan en divorcio, ¿cómo logramos ser diferentes? ¿Cómo tenemos una relación satisfactoria que dure toda la vida? Cómo edificar una base firme para un amor que soporte la prueba del tiempo.

**Historias Reales de Amor** - Anécdotas verídicas de hechos románticos contemporáneos.
Las historias que se exponen son todas reales. Historias llenas de emoción, pasión, desengaños, reencuentros, y todo lo que te puedas imaginar, y lo que no, en una relación amorosa real.

**Amándote a Ti Mismo y a Los Demás**
Descubre al arte de amarte a ti mismo tal cual eres para dar ese amor a los demás. Cuando te quieres a ti mismo, tu vitalidad emocional vibra de una manera más "limpia" y a una frecuencia más alta. A medida que te quieres más a ti mismo, empezarás a ser capaz de compartir ese amor con los demás.

**Joyas de la Superación Personal** - Descubre los secretos de autoayuda que te motivarán a alcanzar tus objetivos

En este libro encontrarás 5 escritos exitosos sobre la superación personal que no puedes perderte. Más de 100 páginas destinadas a que usted ponga en acción todo su potencial.

**Alcance Sus Sueños** - Descubra pasos prácticos y sencillos para lograr lo que hasta ahora no ha podido
Este libro tiene el propósito de ayudarle a alcanzar aquellas metas que todavía no ha logrado y animarle a seguir luchando por aquellos sueños que está persiguiendo.

**Cómo Desarrollar una Personalidad Dinámica** - Descubre cómo lograr un cambio positivo en ti mismo para asegurarte el éxito.
Aprenderás los secretos de las personas altamente efectivas en su negocio, cómo desarrollar una actitud positiva para tu vida familiar y tu profesión, cualquiera que esta sea.

www.ingramcontent.com/pod-product-compliance
Lightning Source LLC
LaVergne TN
LVHW012058070526
838200LV00070BA/3192